Colores
para comer

Alimentos rojos

Patricia Whitehouse

Traducción de Patricia Cano

Heinemann Library

Chicago, Illinois

Customer Service 888-454-2279
Visit our website at www.heinemannlibrary.com

Designed by Sue Emerson, Heinemann Library
Printed and bound in the U.S.A. by Lake Book

06 05 04 03 02
10 9 8 7 6 5 4 3 2 1

Library of Congress Cataloging-in-Publication Data
Whitehouse, Patricia, 1958
   [Red foods. Spanish]
   Alimentos rojos / Patricia Whitehouse.
       p. cm — (Colores para comer)
Includes index.
Summary: Introduces things to eat and drink that are red, from apples to pomegranates.
   ISBN: 1-58810-790-6 (HC), 1-58810-837-6 (Pbk.)
   1. Food—Juvenile literature. 2. Red—Juvenile literature. [1. Food. 2. Red. 3. Spanish language materials.] I. Title. II. Series: Whitehouse, Patricia,1958- Colors we eat. Spanish.
TX355.W4718 2002
641.3—dc21
                        2001039951

Acknowledgments
The author and publishers are grateful to the following for permission to reproduce copyright material:
Title page, pp. 5, 6, 17 Greg Beck/Fraser Photos; pp. 4, 7, 12, 16, 18, 19 Michael Brosilow/Heinemann Library; p. 8 Rick Wetherbee; p. 9 Wally Eberhart/Visuals Unlimited; pp. 10, 15 Dwight Kuhn; p. 11 Amor Montes de Oca; pp. 13, 14 D. Cavagnaro/Visuals Unlimited; pp. 20L, 20R, 21 Craig Mitchelldyer Photography

Cover photograph courtesy of Greg Beck/Fraser Photos

Every effort has been made to contact copyright holders of any material reproduced in this book. Any omissions will be rectified in subsequent printings if notice is given to the publisher.

Special thanks to our bilingual advisory panel for their help in the preparation of this book:
Aurora García
Literacy Specialist
Northside Independent School District
San Antonio, TX

Argentina Palacios
Docent
Bronx Zoo
New York, NY

Ursula Sexton
Researcher, WestEd
San Ramon, CA

Laura Tapia
Reading Specialist
Emiliano Zapata Academy
Chicago, IL

Unas palabras están en negrita, **así.**
Las encontrarás en el glosario en fotos de la página 23.

Contenido

¿Has comido alimentos rojos?

Estamos rodeados de colores.

Seguro has comido algunos de estos colores.

Hay frutas y verduras rojas.

También hay otros alimentos rojos.

¿Qué alimentos rojos son grandes?

Unas manzanas son grandes y rojas.

La parte roja de la manzana se llama **cáscara.**

Las **granadas** son grandes y rojas.

Tienen una cáscara roja suave.

¿Qué otros alimentos rojos grandes hay?

Esta **col**, o repollo, es grande y roja.

Crece fuera de la tierra.

Esta cebolla es grande y roja.

La parte roja crece dentro de la tierra.

¿Qué alimentos rojos son pequeños?

semillas

Las fresas son rojas y pequeñas.

Tienen semillas por fuera.

hueso

La cereza es una fruta roja pequeña.

Tiene una semilla adentro que llamamos **hueso**.

¿Qué otros alimentos rojos pequeños hay?

Estos frijoles son rojos y pequeños.

Crecen en **tallos trepadores.**

Estas papas son rojas y pequeñas.

Crecen dentro de la tierra.

¿Qué alimentos rojos son crujientes?

Unos **pimientos** son rojos y crujientes.

Los pimientos crecen en matas.

El **rábano** es rojo y crujiente.

Los rábanos crecen dentro de
la tierra.

¿Qué alimentos rojos son suaves?

La **jalea** de fresa es un alimento rojo suave.

Se hace cocinando fresas.

La salsa para espagueti es un alimento rojo suave.

Se hace cocinando tomates.

¿Qué alimentos rojos se toman?

El jugo de **arándanos** es una bebida roja.

Se hace exprimiendo el jugo de los arándanos.

La sopa de **betabel**, o remolacha, es roja.

Se hace cocinando betabeles en agua.

Receta roja:
Ensalada de frutas

Pídele a un adulto que te ayude.

Primero, lava fresas, **frambuesas** y cerezas.

Sácale los **huesos** a las cerezas.

Después, mézclalo todo en una ensaladera.

¡Disfruta tu ensalada de frutas rojas!

Prueba

¿Sabes cómo se llaman estos alimentos rojos?

Busca las respuestas en la página 24.

Glosario en fotos

betabel
página 19

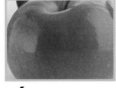

cáscara
página 6

rábano
página 15

col
página 8

pimiento
página 14

frambuesas
página 20

arándanos
página 18

hueso
páginas 11, 20

tallo trepador
página 12

jalea
página 16

granada
página 7

Nota a padres y maestros

Leer para buscar información es un aspecto importante del desarrollo de la lectoescritura. El aprendizaje empieza con una pregunta. Si usted alienta las preguntas de los niños sobre el mundo que los rodea, los ayudará a verse como investigadores. Cada capítulo de este libro empieza con una pregunta. Lean la pregunta juntos, miren las fotos y traten de contestar la pregunta. Después, lean y comprueben si sus predicciones son correctas. Piensen en otras preguntas sobre el tema y comenten dónde pueden buscar la respuesta. Ayude a los niños a usar el glosario en fotos y el índice para practicar nuevas destrezas de vocabulario y de investigación.

Índice

Respuestas de la página 22

tomate · col · rábanos · uvas · fresas · manzana · pimiento · betabel · sopa de tomate · frambuesas · jugo de arándanos